DATE DUE

GAYLORD		PRINTED IN U.S.A.

Un sabor a moras

Doris Buchanan Smith

Traducción de Alberto Jiménez Rioja

LECTORUM
PUBLICATIONS, INC.
557 BROADWAY, NEW YORK, NY 10012-3919

A la señorita Pruitt
y a otros en el camino

Capítulo 1

JAMIE y yo nos fuimos abriendo paso entre los espesos zarzales. Arranqué una mora y me la eché a la boca. Era tan gruesa que se me hincharon los carrillos.

—Necesitan unos días más para madurar del todo —dije.

Jamie se había detenido; tenía el pulgar en la boca. Se lo sacó con un ruido de succión y se llevó el índice a los labios con el gesto de "silencio": Alguien se acercaba.

—Apuesto a que Jamie y los otros sentirán no haber venido —dijo una voz. Yo era "los otros".

Jamie y yo nos hicimos muecas el uno al otro y apretamos bien los labios para mantenernos en silencio.

—Quizá sabían que las moras no estaban maduras —dijo otra voz.

Jamie asintió con la cabeza. Yo casi solté la carcajada.

—Pues sí, eso es lo que Jamie diría en cualquier caso.

Las voces empezaron a alejarse:

—Cree que lo sabe todo.

Jamie asintió nuevamente con la cabeza. Se abrazó a sí mismo agitado por una risa silenciosa.

—Tengo que largarme de aquí —susurró. Empezó a abrirse camino entre los zarzales para salir de ellos; las espinas se le clavaban de cuando en cuando. Cuando llegó al sendero, se dejó caer al suelo y empezó a dar vueltas mientras se reía a carcajadas.

Jamie era incapaz de reírse sin tirarse por el suelo para exagerar al máximo. Pero tenía suficiente seso como para no hacerlo en medio de un zarzal.

Me senté en el suelo con las piernas cruzadas, a mirar. Podía ver las cabezas de los chicos que bajaban por la colina. Era gracioso que hubiéramos estado allí escondidos y los hubiéramos oído hablar de nosotros. Pero tampoco era para que te diera un ataque.

Así era Jamie. Aunque era mi mejor amigo, a veces verdaderamente me fastidiaba.

Quiero decir que si nos poníamos a hacer el tonto —a jugar a perros de circo, por ejemplo— nunca sabía cuándo parar. Te podías cansar y querer hacer algo diferente, pero Jamie se pasaba toda la tarde arrastrándose por el suelo y ladrando. A veces era gracioso, pero otras resultaba simplemente aburrido.

Jamie se sentó por fin enjugándose las lágrimas que le corrían por la cara.

—¡Vamos a echar una carrera hasta el arroyo! —me desafió.

Se levantó de un salto y echó a correr por el camino de tierra que quedaba detrás de las casas. Se había adelantado al echar a correr y tuve que correr de verdad para alcanzarlo.

Si empezábamos al mismo tiempo, siempre le ganaba. Y como él me ganaba en la mayor parte de las cosas, no iba a darle ni una pulgada de ventaja si podía evitarlo. Forcé mis piernas a dar grandes zancadas mientras movía los brazos a los costados. Conseguí adelantarlo justamente cuando llegábamos al arroyo.

—¡Oye, tú! —me llamó con tono burlón. Me agarró por la cabeza y me llevó hacia él y metiendo una de sus piernas por detrás de las mías me empujó hacia atrás.

Mientras me caía me agarré de su camisa y lo hice caer conmigo. Dimos vueltas por el suelo hasta que yo dije:

—¡Me rindo!

Jamie nunca paraba, pero después de un rato yo me aburría. Lo había visto luchar con chicos mayores: incluso si le pegaban, nunca se rendía. Si le decían que ya estaba bien, volvía a tirarse sobre ellos, buscando más.

Cruzamos el arroyo saltando por unas rocas y nos sentamos en la orilla opuesta, donde había una cerca en la que podías apoyarte.

La cara de Jamie estaba con un tomate. La mezcla de polvo y sudor le había dejado unos cuantos surcos.

—¿Está mi cara —jadeé— tan roja como la tuya?

Se pasó la mano por el rostro como si pudiera palpar lo rojo que estaba. Dejó escapar el aliento con un gran suspiro y se inclinó sobre el arroyo para refrescarse la cara.

—¡Brrr! —se estremeció—. ¡El agua debe estar por lo menos a treinta y tres grados!

Metí el dedo en el agua para comprobar lo fría que estaba. Cuando vadeábamos el arroyo siempre apostábamos a ver quién resistía más. El agua refrescaba el aire próximo al arroyo y los árboles guardaban el frescor bajo un gran lecho de hojas, un frescor que casi podía olerse.

Jamie terminó de echarse agua en la cara y señaló hacia el otro lado de la cerca con la cabeza.

—¿Qué te parece una manzana?

—Oh no, gracias —dije.

La cerca guardaba una granja que el pueblo había ido rodeando. Se decía que la granja era protegida a su vez por un granjero que tenía una escopeta. Los chicos mayores solían saltar a robar manzanas.

—Venga, vamos —insistió Jamie.

—De eso nada —dije con una mueca y meneando la cabeza.

—Sí, claro —dijo Jamie burlonamente—. Él da tanto miedo como la señora Houser.

La señora Houser era vecina de Jamie; su casa quedaba justo enfrente de la mía. Intentábamos de verdad mantenernos fuera de su propiedad, pero si por accidente metías un solo pie en su terreno te gritaba desde la ventana. Parecía que estaba siempre mirando por la ventana para ver si alguien tocaba una sola hoja de su precioso césped.

—No creo que le dispare a un chico por una manzana —dijo Jamie—. Vamos, gallina.

Y empezó a trepar por la cerca.

—Clo, clo, clo —bromeé intentando aparentar que no me importaba—, y orgulloso de ser gallina.

5

Le hice una mueca a Jamie tratando de disuadirlo con bromas.

Jamie alcanzó la parte alta de la cerca, saltó al otro lado y empezó a caminar por el campo. Mis ojos recorrieron el terreno hasta llegar a la casa; me pareció ver movimiento en la puerta.

—¡Jamie, vuelve! —grité.

Jamie siguió andando sin detenerse un instante. Llegó a un manzano, y trepándose a él, agarró un par de manzanas, saltó al suelo y empezó a retroceder.

El hombre había salido al porche: me pareció ver que llevaba una escopeta acunada entre los brazos, pero la distancia era demasiado grande para estar seguro. Me agaché.

¿Qué haría yo si el hombre le disparaba a Jamie? ¿Treparía por la cerca y lo ayudaría? ¿Cómo podría saltar la cerca con él? Quizá lo mejor sería correr en busca de ayuda.

Cerré los ojos con fuerza esperando el estampido. La siguiente cosa que supe es que estaba en el campo corriendo hacia Jamie a toda velocidad. Él me puso una manzana en la mano y nos volvimos a toda carrera hacia el arroyo. Nunca dos chicos habían saltado una cerca tan rápido.

Nos agachamos junto a la orilla para que no nos pudieran ver desde la casa.

—¿Lo viste? —pregunté. Mi corazón latía alocadamente.

—¿A quién? ¿A él? Nooo.

—Pues estaba de pie en el porche mirándote.

Jamie levantó las cejas con interés.

—Él... —podía sentir el nudo que se me atravesaba en la garganta—... tenía una escopeta.

Eché una mirada por encima de los arbustos de la orilla. El día oscilaba entre el sol dorado y la sombra de plata. Puede que nunca hubiera habido un hombre, ni un porche, ni un manzano.

Pero sí había un porche y un manzano, y yo tenía una manzana en la mano.

—Te dije que no dispararía —dijo Jamie no muy seguro.

Me llevé la manzana a la boca y clavé los dientes en ella: su jugo agridulce me llenó la boca. Pero mi estómago daba vueltas más rápido que un tiovivo y no se detenía para que pudiera tragar el jugo. Escupí y le ofrecí la fruta a Jamie.

—¿La quieres?

—Uh-uh —gruñó.

Tiré la manzana al arroyo donde cayó con un "plop", dejando ver la parte blanca donde yo había mordido. Me pregunté si los peces comían manzanas: no quería que se desaprovechara. En cuanto a Jamie, sabía que nunca lo admitiría; se comería la manzana pasara lo que pasara. Volví la vista hacia el agua y me quedé mirando fijamente la manzana, que flotaba como una boya.

Cuando se hubo comido la manzana hasta el mismo corazón, Jamie tiró el hueso donde flotaba la mía: consiguió acertarle y hacer que se moviera. Jamie tenía muy buena puntería, con un corazón de manzana o con una pelota de béisbol.

Seguimos el arroyo hasta donde se curvaba en el

camino. Detestaba abandonar el arroyo: uno disfrutaba de ese especial sentimiento secreto y aislado, y un momento después regresabas al mundo.

Subimos por el sendero, Jamie y yo, sin hablar, oyendo el ruido de nuestros pies al arrastrarse por el pavimento de piedras. Golpeé la superficie con el zapato. Pensé que si lo hacía con suficiente fuerza conseguiría que saltaran chispas.

—Hasta luego —me dijo Jamie al llegar a su patio.

—De acuerdo —dije sin levantar la vista—. Nos vemos.

Di una última patada al sendero antes de pisar el césped de mi patio. Alguien me llamó. Me di la vuelta y en ese momento vi a Jamie entrar en su casa. No había nadie. Arrugué el entrecejo. Alguien volvió a llamar.

Era la señora Houser.

Salía de su casa, llamándome. Me pregunté si Jamie o yo habíamos pisado su césped. No, nos habíamos mantenido en la calle incluso a través de los pies que, en cualquier parcela, eran realmente de propiedad pública.

Me sentí como si fuera de cristal: la señora Houser podía ver a través de mí. Podía ver a Jamie corriendo para coger aquellas manzanas. Me sentí culpable y quise salir corriendo.

Tragué con dificultad y moví los pies hacia ella. Nos encontramos uno a cada lado del patio.

—¿Ustedes coleccionan escarabajos japoneses? —preguntó.

¿Escarabajos japoneses? ¿A qué venía esa pregunta?

—Sí, señora Houser —respondió mi voz.

—Pues mira, es que tengo problemas con ellos en mis parras y el hombre que se encarga de cuidarme el jardín no puede venir. Me preguntaba si podrías conseguir que algunos de tus amigos vinieran a ayudarme. Les pagaré 25 centavos por cada frasco lleno.

Manzanas y frascos y escarabajos japoneses giraron alocadamente en mi cabeza. Sabía que podía conseguir a varios chicos para que ayudaran a cualquiera. ¿Pero a la señora Houser?

—Lo intentaré —contesté.

Capítulo 2

Lo primero que hice fue decírselo a mi madre. Después fui a contárselo a Jamie.

—¿Por qué tenemos que hacer algo por ella? —preguntó. Esto era exactamente lo que yo pensaba.

—No lo sé —respondí mientras golpeaba la tierra con el dedo gordo de mi pie derecho.

—¿Pero bueno, Jamie, es ésa una manera educada de hablar?

Era la madre de Jamie. Sujetaba al hermanito pequeño de Jamie sobre el hombro, para que eructara. También tenía una hermana de cuatro años, Martha. Jamie era el mayor de la familia. Yo era el más pequeño de la mía, con gran diferencia. Mi hermano estaba casado y mi hermana estudiaba en la universidad.

—Es un trabajo —dije—. Va a pagarnos.

—Bueno, ya sabes —Jamie tenía esa mirada

absorta en los ojos—. Puede ser divertidísimo piso-
tear toda la hierba de la señora Houser.

Me reí. Sería divertido.

—Y supongo que a todos los chicos de la cuadra
les va a parecer lo mismo —dije, sonriendo.

—¿Podemos llevar a Martha a dar una vuelta
mientras vamos a preguntarles a los otros chicos?
—le preguntó Jamie a su madre. Lo deseaba de verdad: no pensaba que su hermana Martha fuera una
pesada del mismo modo que la mayor parte de los
hermanos y las hermanas piensan de los pequeños,
igual que mi hermana pensaba de mí.

Naturalmente, fuimos primero a ver a Heather.
Heather era nuestra mejor amiga. Se echó hacia
atrás ese pelo dorado suyo y nos dijo que le encan-

taría ayudar, que lo único que teníamos que decirle era cuándo.

—En cuanto recorramos la calle y se lo digamos a todos —respondió Jamie.

—¡Imagínate! —dije—. ¡Entrar en el jardín de la señora Houser con permiso!

Ella cuidaba su propiedad como si cada pulgada fuese una mina de diamantes. No pisoteábamos el césped: realmente éramos muy cuidadosos. Pero a veces una pelota o algo se nos escapaba y se metía en su césped. En esas ocasiones aullaba como una bestia salvaje, amenazándonos con llamar a la policía. Una vez le tiró una pelota a Heather. Falló por una milla y, sin poder evitarlo, nos reímos a carcajadas.

En todo el recorrido que hicimos hasta la parte alta de la colina encontramos chicos interesados en ayudar a la señora Houser a librar sus parras de escarabajos japoneses. Martha estaba también muy entusiasmada; tendríamos que dejarla ayudar un poco.

—Nunca he ido tan lejos —dijo mirando hacia abajo en dirección de su casa—. ¿Dónde está tu escuela?

—Más o menos a dos cuadras, hacia allí —respondí señalando en dirección a la escuela.

—¿Puedo verla?

—Claro —dijo Jamie—. Vamos, enseñémosle a Martha nuestra escuela.

Miré hacia abajo, y luego al cielo.

—No tenemos permiso. Además, parece que va a llover.

—Bah, una nube de verano. Vamos. Son sólo dos cuadras, y Martha nunca la ha visto.

Jamie era muy bueno con Martha. Yo no estaba exactamente de acuerdo con el plan, pero cedí. Siempre me costaba decirle que no a Jamie.

No habíamos caminado ni siquiera una cuadra cuando la oscuridad se nos echó encima sin avisar. No se trataba de una simple nube de verano: era una tormenta con todas las de la ley. Relámpagos amarillos y truenos resonantes lanzaban cubos de agua sobre nuestras cabezas.

Martha empezó a gimotear.

—¡Vamos a meternos debajo de un árbol! —dije.

Jamie, con el ceño fruncido, dijo:

—Sabes que meterse debajo de un árbol es lo peor que se puede hacer durante una tormenta.

—Ya lo sé —respondí—. Pero tenemos que hacer algo.

Llevábamos a Martha apretujada entre los dos, y a ella no le gustaba.

—El lugar más seguro durante una tormenta es un automóvil —dije Jamie.

—Pues qué bien —respondí. Jamie era estupendo dando soluciones imposibles—. Chasquea los dedos y aparecerá tu chofer.

En lugar de chasquear los dedos levantó el pulgar y comenzó a parar los autos que venían. Pensé que bromeaba, hasta que un auto se detuvo. El conductor se inclinó hacia delante y abrió la puerta.

—Llueve mucho para caminar, ¿no les parece? —preguntó.

—Sí, señor. ¿Podría llevarnos a casa? —preguntó el bocazas de Jamie. Le di un rodillazo en una pierna.

—¿Lo conoces? —le pregunté en susurros.

—Nooo —replicó despreocupadamente—. Vamos.

Trepó al asiento del copiloto y se puso a Martha sobre las rodillas. Tragando saliva, me metí detrás de ellos y cerré la puerta.

—¿Dónde viven, chicos? —preguntó el hombre.

Me alegré de que fuera Jamie el que contestara, porque a mí se me había trabado la lengua.

—¿Qué hacen tan lejos de sus casas y con una niña tan pequeña? —preguntó.

—Llevábamos a mi hermanita a dar un paseo. Íbamos a enseñarle nuestra escuela.

—¿Y no les han dicho lo peligroso que puede resultar hacer autostop? Podría ser un secuestrador.

Sentí cómo el estómago se me bajaba hasta los pies y sentí la rodilla de Jamie que se apretaba contra la mía. Imaginé al desconocido pidiendo rescate por nosotros. O asesinándonos a Jamie y a mí y llevándose a Martha.

—Aquí está el desvío —dijo Jamie con voz de pito.

No respiré hasta que el hombre redujo la velocidad y empezó a girar. Entonces Jamie y yo nos miramos el uno al otro y nos hicimos una mueca. En ese momento los rayos de sol rompieron entre las nubes como si fueran alas de ángeles.

—Por aquí todo recto hasta la parte baja de la cuesta —dijo Jamie.

Me tomó por sorpresa; no quería bajarme del auto de un extraño enfrente de mi casa. Leyéndome el pensamiento, Jamie añadió:

—Si alguien nos ve salir aquí parecerá sospechoso.

—¿Quieren hacerme un favor muchachos? —dijo el hombre—. No traten de parar autos en la carretera. El próximo que pare, quizá no sea el padre de un compañero de colegio.

Jamie y yo asentimos con la cabeza y dijimos "sí, señor".

—Sí, señor —repitió Martha, sin saber en realidad lo que pasaba. Estaba contenta porque nos habían traído en auto; se había tranquilizado tan pronto como se vio protegida de la lluvia.

Mi madre, de pie en el porche, nos miraba. Según salíamos del auto se acercó hacia nosotros con las manos en la cintura.

—¿Quién era ese individuo y qué han estado haciendo? —tenía la capacidad más inquietante para adivinar cosas. Parecía que podía verme con el pulgar estirado, y yo ni siquiera había estirado el pulgar.

—Llevamos a Martha a dar una vuelta —dijo Jamie rápidamente—. Y el padre de un compañero de colegio nos trajo a casa cuando empezó la tormenta.

Jamie tenía una lengua ágil; di gracias por ello.

—Ajá —dijo mi madre con aspecto de sospechar lo que había ocurrido—. ¿Y cuál es el nombre de ese compañero, si son tan amables?

Yo miré inmediatamente a Jamie.

—Ed Chambers —respondió mi amigo como si nada—. El señor Chambers es quien nos ha traído a casa.

El padre de Ed Chambers estaría muy sorprendido de saberlo.

—Es un hombre muy agradable —gorjeó Martha con su vocecita—. Nos sacó de la lluvia y nos trajo a casa.

—Bueno, está bien —dijo mi madre—. Sólo me preguntaba donde estarían durante la tormenta.

Se encaminó hacia la casa y Jamie y yo nos miramos aliviadísimos.

Dejamos a Martha en casa y nos encaminamos a la propiedad de la señora Houser para echarle un vistazo a las parras. Suponíamos que la lluvia habría arrastrado a los escarabajos, pero parecían a prueba de agua porque allí estaban todavía, agarrados a los tallos. Jamie se fue a buscar a los chicos con los que habíamos hablado antes mientras yo iba a buscar los frascos de la señora Houser.

Capítulo 3

FUE mientras limpiábamos de escarabajos japoneses las parras de la señora Houser, cuando Jamie recibió la picadura. En el primer momento todos nos reímos de él; al siguiente, yacía en el suelo como si se estuviera muriendo.

La mayoría de nosotros estábamos muy ocupados trabajando. Sosteníamos el frasco debajo de la hoja y rascábamos la parte superior con la tapa.

—Con cuidado, chicos, o dañarán las hojas —nos dijo la señora Houser por decimoquinta vez. Nos alegramos mucho cuando finalmente entró en la casa y nos dejó tranquilos.

Era una gran satisfacción rescatar una hoja entera antes de que estuviera adornada con mordiscos de escarabajo.

Jamie daba vueltas, como de costumbre, sin hacer su parte. Pero no importaba. Nos pagaban por cada

frasco lleno. Si lo que quería era derrochar el tiempo metiendo un palo en un nido de abejas, era dinero que se escapaba de sus bolsillos.

—Será mejor que dejes de hacer eso —le dijo Heather con el ceño fruncido, mientras Jamie metía una delgada rama de sauce en el nido de abejas—. Harás que nos piquen a todos.

—Vaya, hasta una pobre abejita te da miedo —se burló Jamie. Sacó la vara del agujero y nada ocurrió.

—¿Lo ves? No es más que un grupo de abejitas. Tienen demasiado miedo para salir.

Repentinamente oímos un zumbido muy fuerte, mucho más fuerte de lo que parecía posible que las abejas hicieran.

—¡Cuidado! —gritó alguien.

Las abejas salieron del agujero formando una enfurecida bola. Todo el mundo echó a correr menos yo, que me quedé clavado donde estaba. Los insectos fueron hacia los chicos en formación de flecha, tal como se ve en los dibujos animados. Los chicos gritaban y aullaban y corrían hacia sus casas. Excepto Jamie: él estaba prácticamente en casa, ya que vivía al lado de la señora Houser, y deseaba montar uno de sus dramáticos numeritos para todo el mundo, así que gritó y jadeó y cayó al suelo.

A veces mi amigo me ponía enfermo. Enrosqué la tapa en mi frasco de escarabajos y lo dejé en el suelo. Con las manzanas y el autostop había tenido más que suficiente de Jamie por un día. Acorté a través del patio trasero de Jamie para evitar las abejas, salí al otro lado de la casa y crucé la calle para ir a mi casa. Al volver la vista atrás vi que Jamie seguía todavía con su numerito, retorciéndose en el suelo.

—Ya podrías estarte quietecito, mocoso —dije en voz muy baja—. Nadie te mira.

Sujeté la puerta con el pie justo antes de que diera un golpe. "Vuelve y cierra la puerta despacio", había oído un millón de veces a lo largo del verano. Me metí en el baño que queda debajo de la escalera para quitarme el sudor de la cara con la toalla. Luego fui a la cocina.

—¿Puedo comer un helado? —le pregunté a mi madre.

—Tomar —dijo ella automáticamente.

—Está bien, tomar. ¿Puedo? —Ella asintió con la cabeza y continuó removiendo la tierra de uno de sus tiestos. Siempre tenía helados en el congelador y nos permitía tomar uno al día. Busqué uno de plátano.

—Llévatelo afuera por si gotea —dijo. Salí y me senté en los escalones traseros. No iba a salir por delante y proporcionarle a Jamie público para su número.

Me aseguré de tener la lengua húmeda antes de lamer el helado. Los helados están tan fríos cuando los sacas del congelador que si no tienes cuidado se te pegan a la lengua, igual que a veces se te pegan los dedos en los cubitos de hielo. Te puedes quemar la lengua y nada sabe bien durante días.

Humedecí una parte del helado para empezar a chupar. El frío se deslizó por mi garganta, pasó por mi estómago y me llegó hasta los dedos de los pies.

Levanté la mirada hacia el patio trasero de la señora Mullin y me pregunté cómo se las arreglaba con los escarabajos japoneses. Lo más probable es que cultivara parras especialmente para ellos.

El patio de la señora Mullin era como un jardín secreto: a primera vista parecía una jungla exuberante repleta de flores, árboles y arbustos cruzados por algunos senderos casi indiscernibles. Era su santuario de pájaros, su pequeño fragmento de naturaleza selvática.

Incluso desde aquí podía ver mariposas de diversos colores batiendo las alas entre la espesura. Sabía que si cruzaba la cerca y me quedaba muy quieto puede que viera incluso algún colibrí.

Sentí un pequeño placer secreto: era uno de los pocos chicos a los que se les había permitido pasar al jardín de la señora Mullin. Todos mis amigos pensaban que era un poco rara. Mi madre era amiga suya y yo me había dado cuenta de que era muy agradable; lo único que no quería era un montón de chicos gritones que le espantaran los pájaros. Por lo menos no era tan gruñona como la señora Houser.

Puse el helado hacia abajo para dejar que el último pedacito se derritiera en la boca. Suspiré. Estaba bastante cansado de quitar escarabajos japoneses de las hojas de la señora Houser, pero pensé que lo mejor que podía hacer era ir y terminar el trabajo. Si mi padre se enteraba de que había accedido a realizar la tarea y de que había dejado siquiera un solo insecto, me podía ir preparando.

Levanté la tapa del cubo de la basura y tiré en ella

la envoltura del helado. Rodeé entonces la casa, sintiéndome bien porque no la atravesaba ni hacía que las puertas golpearan. Al llegar a la parte delantera vi a Heather de pie en el patio de Jamie. También ella debía de estar lista para empezar a trabajar nuevamente. A lo lejos oí el ruido de una sirena y afiné el oído para distinguir si se trataba de la policía, de un carro de bomberos o de una ambulancia. Algunos de los chicos insistían en que podían diferenciarlas, pero yo no, a menos que se tratara de una ambulancia de las que hacían ua—ua—ua.

—Es Jamie —susurró Heather cuando crucé la calle. Vivía en la casa contigua a la de Jamie, al otro lado de la casa de la señora Houser.

—¿Qué? —guiñé los ojos y torcí la boca, como si eso me ayudara a oír mejor.

—Jamie. Algo le pasa a Jamie. Apuesto a que la ambulancia viene a buscarlo.

—¡Vaya! —dije despectivamente. Qué le podía haber ocurrido a Jamie en tan poco tiempo, salvo romperse el cuello con su numerito al caerse.

El sonido de la sirena se hizo más cercano y la señora Houser asomó la cabeza por la puerta de la casa de Jamie.

Eso me dejó helado: la señora Houser nunca iba a casa de nadie. Heather y yo nos quedamos inmóviles y en silencio mientras la ambulancia se acercaba más y más.

Empezaron a salir chicos de puertas y patios para oír y mirar. Vimos entonces la ambulancia brillando al sol en la parte alta de la colina. Toda el vecindario empezó a bajar entonces de la colina como agua que sale de una represa.

—Es Jamie —susurró Heather una vez más mientras el patio empezaba a llenarse.

Los enfermeros se precipitaron por las puertas laterales de la ambulancia, fueron a buscar la camilla a la parte trasera y corrieron hacia la casa. Estaban de vuelta en pocos segundos.

Pues sí, se trataba de Jamie, que yacía quieto y pálido con los ojos cerrados. Su madre, todavía más pálida, se subió a la parte trasera con uno de los enfermeros. El otro saltó al asiento del conductor y se alejaron a toda velocidad con la sirena puesta. La

señora Houser se quedó en el umbral mientras todo el mundo permanecía callado.

—¿Qué pasa? —rompió el silencio una voz.

—Todo lo que sé es que lo picaron.

—¿Picaron? ¡Pues sí que...! Mírame a mí. ¡Me han picado once veces!

El que hablaba señaló a varias zonas hinchadas de su cuerpo cubiertas de pasta de dientes.

—¿Está muerto?

—No digas tonterías —dije—. Nadie muere de picaduras de abejas.

El asombro que me había inmovilizado al ver cómo metían a Jamie en la ambulancia se vino abajo repentinamente.

—¡Lo más probable es que se hiciera daño mientras fingía el ataque!

Fui a casa de la señora Houser y recogí mi frasco de escarabajos. Durante los minutos en que estuve ausente, los escarabajos se habían multiplicado y habían conquistado cada pulgada perdida. Disgustado, empecé a arrancarlos de nuevo, y me alegré cuando vi que el frasco se llenaba rápidamente. Si los otros chicos eran demasiado perezosos como para terminar el trabajo, yo podía ganar un montón de dinero.

Los chicos salieron del patio de Jamie y se acercaron.

—¿De dónde vinieron las abejas? —preguntó alguien que no había estado allí. Heather intentó encontrar el agujero y no pudo así que yo les enseñé dónde estaba. Tomé el palo que Jamie había utilizado para hurgar en el nido y señalé con él.

—Mira —dije—. Debe haber echado tierra dentro con el palo.

Las abejas salían del nido con partículas oscuras en la boca y volvían a entrar a toda velocidad.

—¿Realmente crees que está muerto?

—No seas bobo.

—Chico, ¿viste con qué rapidez llegaron hasta él y lo picaron?

—Pues a mí me gustaría montar en ambulancia.

—Jamie no parecía estar disfrutándolo mucho.

—Pasa algo grave, seguro.

—Pero sea lo que sea no tiene nada que ver con abejas.

—¿Por qué no le preguntamos a la señora Houser?

—Pregúntale tú a la señora Houser.

Se alejaron y me dejaron con mis escarabajos: seguí arrancándolos de las hojas. Sabía que si averiguaban algo me lo dirían.

Oí el golpe de la puerta y levanté la vista. Era mamá que cruzaba nuestro patio.

"Hola, mamá. Regresa y cierra la puerta con cuidado", pensé con placer.

Me vio mirando y me indicó que la siguiera mientras cruzaba hacia la casa de Jamie. Percibí su urgencia.

Cuando terminé de cerrar la tapa del frasco de escarabajos y di la vuelta corriendo ya ella había llegado hasta la puerta de Jamie. La seguí adentro.

Capítulo 4

LA señora Houser tenía en los brazos al hermano pequeño de Jamie, y Martha estaba sentada en el suelo con un libro de colorear y crayolas. Todo estaba oscuro y fresco. La madre de Jamie decía que la casa se mantenía más fresca si se dejaban cerradas las ventanas.

—Me llevaré a los niños —le dijo mamá a la señora Houser. La señora Houser le tendió el bebé.

—Hijo, ayuda a Martha a recoger sus crayolas y tráela a casa.

—A Jamie lo picaron —dijo Martha, casi sin levantar la vista de lo que hacía. La tomé por debajo de las axilas y la puse en pie. Dejamos a mamá y a la señora Houser hablando en susurros.

Martha dejó caer sus colores en mitad del patio y ambos nos agachamos a recogerlos. Me metí cuantos pude en el bolsillo.

—Éste es el color de la ambulancia —dijo Martha sosteniendo la crayola blanca. ¿La viste? ¿Viste que se llevaron a Jamie a dar una vuelta?

Tenía los ojos brillantes y estaba nerviosa. Nos encontrábamos casi exactamente en el lugar donde había estacionado la ambulancia.

—Sí —gruñí. Presentía que yo era el único chico de la vecindad que no había quedado impresionado por la ambulancia. Todo el mundo había corrido y gritado para enterarse de lo que pasaba.

¡Ese Jamie…! Era un experto en llamar la atención de todo el mundo, incluso hasta cuando no lo intentaba. Me pregunté si habría fingido el desmayo para reírse un poco de todos nosotros. Por otra parte tendría bien merecido haberse desmayado de verdad y no saber siquiera que se lo llevaban en una ambulancia.

Pero algo en mi conciencia se agitó. ¿Y qué pasaba si había sucedido algo grave de verdad? ¡Nooo!, no podía ser. ¿Qué podía ocurrirle al gran Jamie? Gritaba mucho, pero era muy fuerte.

Si él y yo luchábamos, a veces berreaba para que yo pensara que le había hecho daño de verdad, pero nunca se rendía, nunca.

Y era capaz de hacer unas caídas tan cómicas que te preguntabas cómo se las arreglaba para no romperse el cuello. Jamie era un alardoso y un payaso sin duda, pero también era muy simpático.

Me estiré en el suelo de la sala de juegos y empecé a colorear una página para Martha. La niña coloreaba estupendamente para tener cuatro años: aunque no se mantenía del todo dentro de los contornos, los colores que utilizaba estaban muy bien. Quiero decir que no vestía a una señora de negro y violeta, por ejemplo. Coloreé toda la lámina en distintos tonos de verde y Martha quedó muy impresionada.

Mamá entró con el pequeño, y yo me quedé en el suelo y empecé otra página. Parte de mí quería averiguar todos los detalles de lo que le había pasado a Jamie; pero la otra tenía miedo de oírlo.

Mamá dejó al pequeño en el sofá y puso una silla para que no se cayera. El niño estaba dormido, todo rosa y crema. Si pudiera poner esos colores en una pintura sería un milagro.

Cuando mamá hubo dejado al niño, me llamó con voz baja para que me acercara a ella. Se sentó a la mesa de la cocina y me hizo un gesto para que me sentara, pero yo no podía sentarme. Una horrible advertencia instintiva golpeaba en mi cerebro. Intenté no escuchar.

—Jamie ha muerto, cariño —dijo.

"Ha muerto, cariño" resonaba en mi cabeza. Jamie ha muerto, cariño. Jamie es un muerto y un cariño. No tenía un aspecto tan de cariño dejándose caer en el suelo y jugando para llamar la atención. Jamie era un extraño.

—Ya lo sé —dije a secas—. Vi la ambulancia.

Me sentía atrapado. No quería seguir escuchando mentiras sobre Jamie.

—¿Estabas allí fuera cuando sucedió?

—Sí.

—¿Qué pasó?

—Jamie revolvió un nido de abejas con un palo.

—¿Te picaron?

—No. Me quedé quieto.

—¿Y que pasó entonces?

—Todos corrieron.

—¿Corrió Jamie?

Fue como si me hubiera pegado un puñetazo en el estómago. Vi a Jamie nuevamente caer y retorcerse. Cerré los ojos. No debía haberme ido. Debía haberlo ayudado. ¿Pero cómo podía saber? Tragué saliva. Pensé que iba a vomitar.

—¿Corrió Jamie? —repitió.

—No —dije.

—Se cayó al suelo. Pensé que fingía.

Mi madre extendió una mano para tocarme, pero yo estaba fuera de su alcance y no me acerqué.

—Ya lo sé —dijo—. Todos sabemos cómo era Jamie.

La cabeza me zumbaba como si la tuviera llena de abejas.

A mí ni siquiera me habían picado y Jamie estaba muerto. A alguien le habían picado once veces y parecían picaduras de mosquitos gigantes, y Jamie estaba muerto.

—¿Cuántas veces lo picaron? —pregunté—. Lo deben de haber picado un centenar de veces.

—Una o dos solamente. No fue el número de picaduras, sino que Jamie era alérgico. Algunas personas son alérgicas a las picaduras de abeja.

¿Alérgico? Sé qué es eso: una compañera de colegio es alérgica al chocolate. Se enferma. A todos nos da mucha pena. Pero no sabía que ser alérgico pudiera matarte.

—¿Sabía Jamie que era alérgico a las picaduras de abeja?

—No, no lo sabía, corazón. No lo sabía nadie. No hubiera jugado con un nido de abejas si lo hubiera sabido. Fue un accidente extraño. Ocurre muy pocas veces.

—¿Cómo supieron...? ¿Quién lo encontró?

—La señora Houser. Salió a ver si estaban trabajando todavía y vio a Jamie en el suelo. Salió corriendo a buscar a la madre de Jamie.

¡La señora Houser! Yo hubiera pensado que te dejaría tirado para que te pudrieras.

—Voy arriba —anuncié.

Una vez en mi habitación me quedé allí, de pie delante de la ventana, mirando hacia afuera. ¿Sabía el mundo que Jamie había muerto? El cielo no parecía comportarse como si lo supiera. Era un día de cielo azul y nubes blancas. Por el cielo pasaban caballos y ovejas y perros de orejas colgantes. ¿Jugaba Jamie con ellos?

¿Qué se puede hacer cuando estás muerto? ¿O cuando estás muerto te limitas a estar muerto y eso es todo?

Miré enfrente, a la ventana de Jamie. Nunca volvería a hacerme una señal con la linterna. Habíamos aprendido el código Morse, Jamie y yo, y hablábamos por la noche.

Antes de eso habíamos hecho un teléfono con dos latas vacías y una cuerda que iba de su ventana a la mía. Qué día más divertido habíamos pasado. Arrastramos la cuerda por la calle y Jamie intentó tirarme la lata. Me burlé de la capacidad lanzadora de Jamie hasta que me tocó a mí lanzarla mientras él intentaba agarrarla desde su cuarto.

Finalmente trepé por el enrejado del rosal que mi madre tenía sobre la ventana de la cocina, poniendo buen cuidado de apoyar los pies en los travesaños, que eran los puntos más fuertes, hasta que llegué a la terraza.

—Oye, sabelotodo —se rió Jamie—. Y ahora ¿cómo vas a entrar en tu cuarto?

Nos sentíamos auténticos ingenieros intentando poner a punto un sistema de comunicaciones, y por fin lo conseguimos.

¡Y entonces el estúpido sistema no funcionó! Nos dejamos caer al suelo, exhaustos.

—¿Sabes lo que se me acaba de ocurrir? —me preguntó Jamie—. ¿Por qué no dejamos caer un trozo extra de cuerda desde tu ventana, la atamos a ésta y tiramos de ella?

Era tan sencillo que rodamos por el suelo de nuevo dándonos manotazos en la cabeza. Nos sentíamos tan estúpidos.

Más tarde consultamos la enciclopedia para buscar el código Morse. Ahorramos dinero y compramos linternas con botón de destello. Fue mucho más fácil que ese estúpido par de latas. Y funcionó.

Pues bien, mi madre me había dicho que Jamie había muerto. Se acabaron los destellos al otro lado de la calle por la noche. Se acabó Jamie. ¿Quién nos haría reír de nuevo?

Capítulo 5

ME senté en la bañera e hice ondas con el agua. Barbas de espuma cubrían mi barbilla. No había comido al mediodía ni por la noche. Papá y mamá se preparaban para asistir al funeral. Me preguntaron si quería ir, pero yo no le podía hacer eso a Jamie. Tenía la impresión de que si seguía actuando como si no estuviera muerto, él no estaría muerto.

El anillo de las ondas se amplió, golpeó contra los lados de la bañera y vino nuevamente hacia mí con más volumen. Alguien dijo que las ondas continúan por siempre, incluso cuando tú ya no las puedes ver.

Me acordé de Jamie y de mí tirando piedras en la superficie quieta del estanque, y contemplando las ondas. Jamie no haría ondas nunca más. Ni barbas de champú.

Agarré el jabón e hice espuma con él. La pastilla era mi lámpara y yo era Aladino. Frotando, frotando haría que Jamie volviera a la vida. Alguien llamó a la puerta.

—Nos vamos, corazón, no tardaremos mucho. Si necesitas algo, pídeselo a la señora Mullin.

Se iban. Se iban a ver a Jamie. Repentinamente sentí pánico y grité: "¡Espérenme! ¡Espérenme!" Me sumergí en el agua y me limpié el jabón. Me sequé el pelo como pude y me peiné. Por lo general yo no me hacía nada en el pelo, pero cuando estaba mojado tenía mejor aspecto si me peinaba.

Nunca había estado en un velorio. Había ido a un funeral en una iglesia cuando murió mi tío Jonah. Había tropezado, llevando su escopeta y se había volado la cabeza. Por lo menos eso fue lo que dijeron.

El ataúd estuvo abierto durante el funeral y, fila por fila, todo el mundo se acercó a mirar. Cuando me llegó el turno me había preparado para no mirar demasiado. Pero al echar un vistazo vi al tío Jonah con la cabeza completa; entonces miré.

Estaba como si nada hubiera sucedido. No parecía haber recibido un disparo: parecía que iba a despertarse de un momento a otro y preguntarnos qué hacíamos allí, mirándolo dormir.

Naturalmente nada de eso le había ocurrido a Jamie. Lo habían picado un par de abejas. No parecía posible que una cosa minúscula como un aguijón de abeja pudiera matarte. Supongo que también habían muerto un montón de abejas, si era cierto que morían cuando te picaban. No me alegraba que las abejas estuvieran muertas. Lamentaba la muerte de cualquier cosa. Especialmente la de Jamie.

Cuando salté de la bañera y dije "espérenme" no había sabido por qué. Ahora lo sabía. No iba a mirarlo, pero si había alguna posibilidad de que Jamie supiera lo que sucedía, quería que supiera que estaba allí, pensando en él.

Había gente por todas partes, que hablaba en susurros, o que callaba. Algunos lloraban. Apoyé la espalda contra el marco de la puerta, pensando en Jamie.

Aquí estoy. Aquí estoy, Jamie.

—Tiene un aspecto muy dulce —dijo una mujer al salir de la habitación.

—Parece dormido, bendito sea.

Recordé el aspecto que tenía el tío Jonah. No podía imaginarme a Jamie con la misma cara. Entré y me apreté entre mi madre y mi padre.

Allí estaba Jamie. Estaba tendido muy recto con una mano sobre el pecho. No me parecía que tuviera aspecto de estar durmiendo. Jamie dormía hecho un nudo. De lo que tenía aspecto Jamie era de estar muerto.

Jamie y yo solíamos hacer concursos de mirar fijamente y apostábamos sobre quién iba a parpadear o a reírse primero.

Empecé a darme cuenta de que Jamie no iba a abrir los ojos para devolverme la mirada. No iba a parpadear, no iba a reírse. Salí de la habitación y bajé al vestíbulo.

La funeraria tenía delante una extensión de hierba cubierta de flores multicolores, con luces encendidas entre ellas. Arranqué un capullo amarillo de un tallo y empecé a hacerlo tiras.

Oí la voz de mi padre que me llamaba y sentí que me cogía del hombro y me daba la vuelta.

—¡Papá!

Enterré la cabeza en su pecho hasta que los botones de su chaqueta me hicieron daño en la cara.

En casa me puse el pijama. Mamá estaba por allí diciéndome que a veces no entendemos por qué suceden ciertas cosas. Esperaba que hablara. Me limité a tumbarme en la cama con las manos detrás de la cabeza. Finalmente me acarició el pelo, me dio un beso en la mejilla y salió de mi cuarto.

Oí desvanecerse sus pasos. Entonces me levanté y me arrodillé delante de la ventana. Allí estaba mi linterna, donde siempre había estado, sobre el alféizar. La de Jamie seguía probablemente en su lugar correspondiente.

Encendí mi linterna y proyecté su luz sobre la ventana de Jamie para ver si podía distinguir la suya: por supuesto que no pude. La luz no llegaba tan lejos. Cuando nos hacíamos señales nunca nos veíamos el uno al otro, sino sólo los puntos de luz, a menos que nos pusiéramos las linternas sobre las barbillas para hacer caras terroríficas.

Oí un suave rumor de pasos en el vestíbulo, así que apagué la linterna y me metí en la cama de un salto. Venían a ver si dormía. Todas las noches, mamá o papá, y a veces ambos, se asomaban a mi cuarto a ver si estaba dormido.

Me tapé con la sábana y me moví buscando una posición cómoda. Dejé que mi cabeza colgara un poco inclinándola a un lado, levanté el brazo y puse la cara sobre mi mano. Inspiré profundamente y dejé escapar un gran suspiro somnoliento. Casi me convencí a mí mismo de que dormía. La puerta dejó escapar un chirrido casi imperceptible al abrirse. Imaginé el haz de luz que entraba en mi habitación. Aunque no oí los pasos, algo tocó mi frente: casi di un salto. Me concentré en procurar que mis ojos no se movieran bajo mis párpados.

Debió de haber sido mi madre. La mano que me

tocó primero la cabeza y luego la mejilla era tibia y suave. Metió la sábana alrededor de los hombros y bajo la barbilla, una costumbre que tenía incluso en verano.

Dejó de arroparme y oí que la puerta se cerraba.

Abrí los ojos. Estaba todo tan oscuro que me pregunté si ella aún estaba en la habitación mirándome. Al poco tiempo mis ojos se acostumbraron a la oscuridad y pude ver que se había ido. Volví a la ventana.

La puerta delantera sonó en el piso de abajo. No bajé la vista, sino que seguí mirando la casa de Jamie. Vi que mi madre atravesaba el patio de Jamie hacia la puerta.

El verla hizo que los grifos de mis lágrimas se abrieran tan repentinamente que me quedé estupefacto. No había llorado en todo el día, ni siquiera cuando apreté la cara contra los botones de la chaqueta de mi padre. Lo extraño era que no lloraba por Jamie, sino por mí.

Quería que mi madre volviera. Quería que se ocupara de mí. Ojalá no hubiera fingido estar durmiendo; entonces se hubiera quedado para hablar o se hubiera sentado en silencio junto a mi cama. Quise ser pequeño para sentarme en su regazo y que me meciera.

Las lágrimas siguieron brotando hasta que me cubieron toda la cara. Sentía tensa la piel del rostro donde las lágrimas se habían secado. Estuve revolviendo y tanteando en la oscuridad buscando un pañuelo de papel.

La puerta se abrió de nuevo y la oscura masa de papá llenó casi todo el segmento de luz. Me zambullí en la cama.

Se dirigió hacia a mí y me levantó tan fácilmente como si fuera un niño pequeño. Me sentó en su regazo y me acunó la cabeza contra su pecho. Es curioso, no había pensado en el regazo de papá, pero era igual de bueno. Lloré y lloré y lloré.

Capítulo 6

A la mañana siguiente algunos niños jugaban. Los miré desde mi ventana. Jugaban a "¡te pillé!" pero entre susurros, a causa de Jamie. Me pregunté cómo podían jugar. La muerte de Jamie pesaba sobre mí.

Mi padre se había ido a trabajar pero regresaría temprano para ir al entierro. Todos los amigos de Jamie asistirían. Un reverendo o alguien diría unas cuantas cosas sobre Jamie. Después lo enterrarían.

Me quedé en la parte alta de la escalera y escuché los ruidos que hacía mi madre. Oí el zumbido de la aspiradora. Bajé de puntillas las escaleras, me deslicé a través de la cocina y salí.

Dirigí la mirada al jardín de la señora Mullin. En ese momento quería estar allí más que nada en el mundo. Era el lugar más privado que conocía. Pero la señora Mullin no estaba en su patio.

A veces, cuando la señora Mullin salía a su patio,

hablábamos por encima de la cerca. Luego me invitaba a su jardín y me contaba todo sobre cómo hacer crecer cosas. Pero no estaba allí esta mañana, y no quería de ninguna manera molestarla llamando a la puerta.

Tímidamente, fui hasta la puerta lateral, levanté el seguro de la cerca y entré. Una vez dentro, quise salir. Me sentí como un ladrón que entraba a robar su jardín. Recorrí a paso vivo el sendero más cercano sin prestar atención ni siquiera a una mariposa que rozó mi mejilla en su vuelo. Al final del sendero miré hacia atrás: estaba fuera de la vista de las ventanas de la señora Mullin.

Me senté sobre una piedra de gran tamaño. Granito, me había dicho la señora Mullin que era. A primera vista parecía gris, pero si la mirabas de

cerca estaba en realidad formada por manchas blancas y negras. A lo largo de uno de los lados había vetas de rosa y verde.

El jardín estaba radiante con la luz del verano. Mi nariz aspiraba los aromas. Casi podía oír los colores en mis oídos. Todos los colores parecían estar allí: me di la vuelta para ver si realmente era así. Sí, se veían todos los matices del verde, desde un pálido verde amarillento al verde casi negro.

Los amarillos iban del crema claro al naranja dorado y del naranja dorado al marrón herrumbre; había rosas, rojos y púrpuras. Los azules, sin embargo, escaseaban; mi favorito absoluto era el azul brillante de la flor de maíz.

Sentí pena por la flor que había arrancado la noche anterior. No era culpa de la flor. Inspiré profundamente y dejé escapar el aire con un suspiro.

Las mariposas y las abejas iban de una flor a otra. Las abejas me daban igual: tampoco era culpa suya. No sabían que Jamie era alérgico. Y de repente apareció un colibrí, que se quedó quieto como un helicóptero y que al poco rato escapó volando a tal velocidad que mis ojos casi no pudieron seguirlo.

Sólo los girasoles inclinaban sus cabezas, como si lamentaran que Jamie hubiera muerto: pero tampoco ellos lo sentían realmente. Ni siquiera lo sabían. Si inclinaban sus cabezas era porque sus corolas eran demasiado pesadas para permanecer erguidas en el extremo de sus tallos.

Un sonido distinto llegó hasta mis oídos y miré hacia los lados sin mover la cabeza. La señora

Mullin caminaba lentamente entre las hileras de flores. Sólo podía ver sus pies y la parte inferior de su persona, pero sabía que se trataba de la señora Mullin. Nadie se pondría unas zapatillas de tenis tan destrozadas y unos pantalones tan deformes. Confié en que no se enojara al encontrarme en su jardín.

—¡Hola! —dijo con suavidad. La señora Mullin siempre hablaba en voz baja. A veces era difícil oír lo que decía.

Se sentó sobre una piedra próxima. Por todo su jardín había piedras, o bancos de bloques de cemento y tablones: "de este modo puedo sentarme y mirar desde donde me apetezca" me había dicho una vez.

El que ella llegara me hizo sentir que no debería haber venido. No sabía qué decirle, y el silencio me resultaba incómodo. La señora Mullin era muy buena en no hablar cuando no quería. El aire parecía vacío: tenía que decir algo.

—Espero que no se enoje —dije sin mirarla. No levanté la vista del espacio que quedaba entre mis pies.

—¿Enojarme? ¿Por qué iba a enojarme?

Contestaba a mi pregunta con otra pregunta. No me gustaba la gente que hacía eso. ¿No sabía por qué yo pensaba que podría estar enojada?

—Porque yo… porque usted no sabía que yo estaba aquí.

—Te vi entrar.

—¿Sí?

Supuse que yo esperaba que se hubiera asomado por la ventana y se hubiera puesto a gritar: "¡¡Sal inmediatamente de mi parcela!!" como la señora Houser.

—Estaba en la cocina. Pasaste justo por debajo de mi ventana.

—¿Ya supo lo de Jamie?

—Sí. Siento mucho lo de Jamie. Y también lo siento por ti, porque tú eras su amigo.

La señora Mullin era tan suave como las mariposas. Las mariposas tienen un aspecto tan frágil, pero sin embargo pueden volar, y algunas de ellas, como la monarca, miles de millas. La señora Mullin me había contado todo sobre las mariposas.

—¿Por qué ha tenido que morirse?

La pregunta flotó en el aire entre nosotros. Su sonido me sobresaltó, pero a la señora Mullin no pareció sorprenderle.

—Cariño, una de las cosas más difíciles que tenemos que aprender es que algunas preguntas no tienen respuesta.

Yo asentí. Esto tenía mucho más sentido para mí que si hubiera intentado explicarme alguna idiotez sobre que Dios necesita ángeles.

Nos sentamos en silencio durante algunos minutos. Esta vez el aire no necesitaba ser llenado. Dejé que mis ojos vagaran de nuevo por el césped, las flores, los pájaros... todo estaba vivo. Yo estaba vivo. La señora Mullin estaba viva.

—¿Cómo es estar muerto? ¿O es otra de esas preguntas?

—Es otra de esas preguntas —respondió—. No lo sabes hasta que al fin lo averiguas por ti mismo, y aparentemente no se puede volver y contar lo que has averiguado.

—Jamie era especial —dije.

—Ya lo sé —contestó la señora Mullin poniéndose de pie y alejándose. No sabía si iba a alguna otra parte del jardín o si volvía a la casa. Supe sin embargo que podía quedarme en su jardín todo el tiempo que quisiera. Estuve allí hasta que mi madre me llamó para almorzar.

Mi hermana había vuelto del campamento donde trabajaba como monitora. Había regresado a casa para asistir al entierro. Mi hermana y mi madre conversaban la una con la otra, poniéndose al día de las noticias.

Dejaron de hablar cuando yo entré. Mi hermana no me dijo nada de Jamie y yo tampoco le dije nada sobre él. Quizá temía que me echara a llorar.

Me senté a la mesa y puse las manos en mi regazo. En nuestra casa había que sentarse a la mesa, incluso si no comías. No había tomado nada desde la muerte de Jamie. El helado había sido lo último y habían transcurrido 24 horas desde entonces. Mi estómago estaba devorándose a sí mismo. Tuve que obligar a mis manos a quedarse en mi regazo, porque mi estómago intentaba ordenarles que se apoderaran de algo de comer.

—Cariño, no ayudará a Jamie el que te pongas enfermo —dijo mi madre.

¿Cómo podía explicárselo? Quizá no tuviera mucho sentido, pero sabía que no podía comer hasta después del funeral. Todo el mundo hablaba, comía, se movía, como si nada hubiera cambiado. Y de algún modo yo no podía permitir que las cosas fueran como antes.

Capítulo 7

DESDE que ocurrió había habido autos aparcados frente a la casa de Jamie. Se extendían enfrente de nuestra casa y enfrente de la casa de Heather y enfrente de la casa de la señora Houser. Mamá corría de un lado para otro con bandejas de comida, o trayendo a Martha y al niño o llevándolos.

Martha me habló de Jamie.

—Jamie está muerto —dijo—. Como ese pajarito que Jamie y tú encontraron e intentaron alimentar pero que se murió de todos modos. Jamie no volverá a casa. Nunca jamás.

Su carita tenía todavía el aspecto hinchado de los bebés, pero no derramó una lágrima mientras me decía estas cosas. Yo me sentía como si me hubieran abierto y tiraran de mis tripas.

—Está en el cielo —dijo—. Se ha ido a jugar con todos los ángeles.

Parecía feliz por él.

Cuando llegó la hora de que Martha regresara a su casa, mi madre me preguntó si quería ir con ella. Pero no quise. Habría gente llorando por todas partes y yo no sabría qué hacer ni qué decir. Además no me parecía justo recordarle a la madre de Jamie que yo estaba vivo.

Hubiera querido decirle que ojalá yo pudiera ser su hijo sustituto. Ayudaría a cuidar a Martha y le haría recados tal como se los hacía Jamie. ¿Pero cómo decírselo? Las palabras daban vueltas en mi cabeza pero no conseguía que llegaran a mi boca.

Subí al piso superior y llené la bañera. Estuve en el agua hasta que se me arrugaron los dedos. Sentía que si hacía ciertas cosas, como pensar en Jamie en la bañera, o no hacía otras como comer, entonces todo volvería a estar bien y no sería cierto que Jamie estuviera muerto. Como si fuera realmente un sueño y fuéramos a despertarnos todos en cualquier momento, y Jamie siguiera por allí haciendo payasadas y haciéndonos reír.

Pero cuanto más iba y venía mi madre de casa de Jamie y más autos llegaban y se marchaban, comencé a darme cuenta de que no era un sueño. No importaba lo que quisiéramos o deseáramos o esperáramos: era real.

Me vestí en mi habitación y miré por la ventana. Vi a mi padre que volvía a casa, y una larga limusina negra que paraba enfrente de la casa de Jamie. Ya antes había visto estos autos de funeraria. Jamie y yo habíamos hablado incluso de cómo sería ser lo suficientemente ricos para poseer uno. Nunca pensamos que llevaban gente a los funerales; sobre todo jamás pensamos que uno de ellos llevaría gente al funeral de Jamie.

Los autos empezaban a marcharse; mi padre me llamó. Sabía que me habían estado mirando desde abajo.

—¿Dónde está Martha? —pregunté mientras nos encaminábamos hacia el auto.

—Cariño, es muy pequeña. No entendería lo que sucede.

Casi contesté "sí lo entiende" pero mantuve la boca cerrada y me coloqué en el asiento trasero con mi hermana. Pensé en Martha con su corto pelo castaño, su carita redonda y sin hermano mayor. No entendía lo suficiente como para llorar: quizá se referían a eso. O quizá a que no entendía los funerales. Bien, yo tampoco.

Podía oír la vocecita de Martha diciendo cielo. Se suponía que el cielo era un lugar realmente maravi-

lloso. Pensé que Jamie sería más feliz aquí en la tierra jugando conmigo y comiendo moras. No parecía posible que el cielo fuera tan maravilloso como para no añorar a la gente y a las cosas que habías conocido antes.

Deseé que Jamie pudiera contármelo. Cerré los ojos y me concentré en escucharlo. Todo lo que oí fue el susurro de las ruedas deslizándose sobre el pavimento.

Me acordé de la primera vez que Jamie y yo supimos que la tierra giraba. Nos dejamos caer en el suelo con los brazos extendidos intentando sentir el movimiento. Ahora crucé uno de mis brazos sobre la parte central de mi cuerpo y fingí que me quedaba rígido, pero era tan incapaz de sentirme muerto como lo había sido de sentir el movimiento de la tierra.

Cuando salimos del auto mis piernas echaron a andar por pura costumbre. Clunc, clunc, clunc por la acera, escaleras arriba y a través del vestíbulo.

La capilla de la funeraria era como una iglesia. Unos cuantos amigos de Jamie y míos estaban sentados juntos en la parte delantera. Mamá los señaló con la cabeza. No fui capaz de distinguirlos por sus cabezas, salvo a Heather. Tenía un maravilloso pelo rubio, un pelo de color oro brillante veteado de hebras cobrizas.

Levanté la vista hacia mamá y papá. Quería quedarme con ellos en lugar de sentarme con mis amigos, pero fui incapaz de decirlo. Para ser un chico de boca grande últimamente estaba teniendo auténticos problemas con las palabras. Le hice un gesto de asentimiento a mamá y me dirigí hacia la parte delantera para sentarme junto a Heather.

Quizá Heather me necesitara. Yo no lloraría. Si me echaba a llorar Heather seguro que me seguía y cuando Heather lloraba lo hacía a gritos. Nos miramos el uno al otro y nos lo dijimos todo con nuestros ojos, sin hablar, sin sonreír.

Me pregunté en qué pensaría. Heather y Jamie y yo habíamos sido especiales los unos para los otros. Incluso aunque a Jamie y a mí no nos gustara que Heather fuera una chica. Heather y yo hablábamos de lo alardoso que era Jamie.

De repente comprendí, muy sorprendido, que nunca, hasta este mismo momento, se me había ocurrido preguntarme lo que Heather y Jamie decían de mí.

La música fluía del órgano. Eché un vistazo a mi alrededor. El ataúd tenía una cesta de flores azules encima. Parecían esos grandes crisantemos redondos, pero nunca había visto crisantemos azules. No vi a la familia de Jamie por ninguna parte. Un hombre se levantó y empezó a hablar y a leer la Biblia. Llevaba una corbata con rayas azules que armonizaba perfectamente con las flores depositadas en el ataúd. Esos azules a juego retuvieron mi atención por encima del zumbido de sus palabras.

Había flores por todas partes. Me hicieron pensar en la señora Mullin. Estaría aquí y sabría absolutamente todo sobre las flores. Pero aquí había más flores de las que yo había visto nunca, incluso en el jardín de la señora Mullin.

Empecé a estudiar todas y cada una de las flores para que el tiempo pasara más rápido. Recordé el funeral del tío Jonah. Parecía que no fuera a acabar nunca. De repente, hubo un suave revuelo en torno mío: todo el mundo se había puesto en pie. Ello hizo que yo también me alzara, como si me hubieran transmitido una especie de fuerza de gravedad inversa.

Esperamos en el auto hasta que la procesión empezó a moverse. Se abrió una puerta lateral y salieron la madre y el padre de Jamie. No se apoyaban el uno en el otro: los dos se mantenían muy erguidos. Quise correr a decirles algo, pero empezaba a entender que había cosas que eran imposibles. Como hacer que Jamie volviera a la vida. Casi no podía respirar.

Me había metido automáticamente en el asiento de atrás con mi hermana, pero ahora deseaba haberme sentado delante, entre mi padre y mi madre. Pasé una pierna por encima del asiento y salté al asiento delantero. Esto era estrictamente tabú. Había oído "nada de trepar dentro del auto" tantas veces como "cierren la puerta con cuidado". Pero esta vez nadie me dijo nada.

Mi madre me rodeó con un brazo desde un lado y mi padre desde el otro. Me sentí bien.

El cementerio me sorprendió. Habíamos pasado por él montones de veces, pero nunca le había prestado mucha atención a menos que fuéramos hablando o pensando en fantasmas. Tanta gente

muerta. No sabía de nadie muerto excepto tío Jonah y Jamie.

Nos metimos por un camino pavimentado en el cementerio. El auto daba suaves saltos mientras avanzaba por un sendero entre las tumbas. Todo estaba verde y cuidado. Llegamos a un hoyo. El hoyo de Jamie. Era oblongo, estaba muy bien acabado y tenía bordes redondos. Si Jamie hubiera estado aquí conmigo me hubiera dado un codazo y me hubiera dicho "¡mira que hoyo más estupendo!". Habíamos cavado huecos en el bosque pero nunca habíamos conseguido que nos quedaran bien.

El hombre con la corbata a rayas azules se acercó a la tumba con su Biblia y dijo unas cuantas cosas más. Yo no prestaba mucha atención. Estaba ocupado intentando hacer que Jamie me oyera, intentando hacerle saber que yo estaba allí.

Durante el rezo me dediqué a contemplar las punteras de mis zapatos. Era difícil pensar en Dios cuando algo tan pequeño como una abeja puede matar a tu mejor amigo.

Capítulo 8

A la hora de la cena dejé de sentir que comer era una deslealtad. Si un milagro pudiera traer a Jamie de vuelta ya habría sucedido.

Me quedé sorprendido, sin embargo, de lo rico que estaba todo. Había oído que comer cuando estabas disgustado, era como tener la boca llena de algodón, pero lo que me metía en la boca sabía a filete con salsa, caliente y delicioso. Intenté comer despacio, pero mi estómago me exigía que agarrara todo lo que tenía cerca y lo devorara.

—Está bien —dijo mi padre—. Cómetelo todo.

Me hizo sonreír ver cómo me había leído la mente. Intenté tragarme la sonrisa.

—También está bien sonreír —añadió mi padre—. Jamie hubiera querido que hicieras ambas cosas.

Pues sí, seguro que eso era verdad. Jamie hubiera sido el último en querer que me dedicara a vagar tristemente de un lado para otro muriéndome de hambre. Me comí tres raciones de cada cosa.

Estaba cansado y lleno y quería irme a la cama. Ni siquiera me arrodillé junto a la ventana a pensar en que Jamie no me mandaría señales nunca más.

Por la mañana, lo primero que vi fue la casa de Jamie. Tenía exactamente el mismo aspecto que otras veces. Pero aun así, la soledad se cernía sobre ella. Martha no tenía edad suficiente para estar dando portazos todo el tiempo como hacíamos Jamie y yo. Y con respecto al bebé, todo lo que hacía era comer y dormir y estar tumbado y sonreír.

De repente me acordé de las moras. Ahora ya estarían maduras. Me parecía importante recoger unas cuantas. Bajé las escaleras al tiempo que mamá vertía leche sobre mis cereales.

—Mañana voy a poner moras en el cereal —le dije. Comí a tal velocidad que la leche se me escurría por la barbilla, algo que ya me pasaba muy pocas veces. Rebusqué debajo del fregadero y saqué dos cestas.

—Dos cestas —dijo mi madre—. Vas a coger un montón de moras ¿no?

—Una es para la madre de Jamie —respondí. Tuve muy buen cuidado de cerrar la puerta despacio y me despedí de mi madre con una sonrisa.

Corrí por la carretera hasta alcanzar el extremo que daba al bosque. Deseé ser invisible. No quería que nadie me viera, ni siquiera Heather. Quería ir a recoger moras con Jamie.

Agachándome, fui metiéndome entre los zarzales más espesos. Las espinas se enganchaban en mis

mangas y calcetines. Las moras colgaban tan negras y pesadas que algunas me caían en las manos de sólo rozarlas. Se me hizo la boca agua a la vista de las gruesas bayas.

Pero Jamie y yo teníamos una regla: no comer ni una sola mora hasta que hubiéramos terminado de recogerlas. Antes de que estableciéramos esa regla solíamos comer tantas como cogíamos, y cuando habíamos acabado las cestas continuaban vacías.

Parecía haber pasado mucho tiempo desde que Jamie y yo nos habíamos reído mientras los chicos hablaban de nosotros en la parte de afuera del zarzal. ¿No había sido el otro día? Sentí algo raro en la garganta cuando me acordé de Jamie riéndose a carcajadas.

De vez en cuando me pinchaba algún dedo: parpadeaba y me llevaba la parte herida a la boca. Pincharse formaba parte de recoger moras.

Las moras maduraban muy rápido. Cogí todas las

que estaban completamente negras; algunas tenían todavía zonas rojas, unas pocas estaban rojas del todo y no había ya ninguna verde. Ahora tendría que venir todos los días para recogerlas según maduraban. Mientras tanto, mantuve una incesante conversación conmigo mismo, con las moras y a veces con Jamie.

Espera un segundo, ahora te toca a ti. Muy bien, ahí vas a la cesta con tus amigas.

Chico, Jamie, fíjate en ésas tan gordas. Recogeré las mejores para tu mamá.

Poco a poco las cestas se fueron llenando. Tenía los dedos manchados de jugo rojo violeta y ya podía oler el pastel de moras horneándose. Fui superponiendo moras con cuidado hasta que las cestas estuvieron tan llenas que temí que no pudiera transportarlas sin que se me cayeran.

Tomé en ese momento una gruesa mora madura entre el pulgar y el índice. Estaba tan repleta que el jugo se escurrió por mis dedos. Me la llevé a la boca y la dejé sobre la lengua un momento antes de apretarla contra el paladar y dejar que el jugo se deslizara por mi garganta.

¿Te acuerdas, le pregunté a Jamie en mi mente, del sabor de las moras?

Oí a algunos de los chicos jugando mientras regresaba a casa. Quise ser invisible de nuevo. El pelo dorado rojizo de Heather se balanceaba en torno a su cabeza. Iban por la parte alta de la colina, lejos de la casa de Jamie. No me hacía falta preocuparme por que me vieran: estaban muy ocupados jugando.

Juegos, pensé. Y Jamie recién muerto. Meneé la cabeza avergonzado, de que se olvidaran con tanta facilidad. Avergonzado, también, de que mis propios pies parecieran ansiosos de correr, de saltar y de jugar.

Puse mi cesta en el suelo del porche de Jamie y usé la mano libre para tocar el timbre. Pasaba mi peso de un pie al otro mientras pensaba lo que le diría a quienquiera que abriese la puerta.

Fue Martha la que lo hizo.

—¡Mamá! —gritó inmediatamente.

No esperaba esto. No había querido molestar a la madre de Jamie. Abrí la boca para protestar, pero como me ocurría con tanta frecuencia últimamente, no pude pronunciar esas importantes palabras. Me dediqué a morderme el labio superior con los dientes inferiores y el labio inferior con los dientes superiores.

Y allí estaba la madre de Jamie. Su rostro y su voz me eran tan familiares como el rostro y la voz de mi madre. Jamie y yo siempre estábamos dando portazos, y oyendo que cerráramos las puertas despacio. La madre de Jamie solía añadir:

—¡El bebé duerme!

Me di cuenta de que había estado llorando. Sus ojos estaban pálidos, como desteñidos por el agua. Abrió más la puerta para abrazarme. No se dio cuenta de que yo tenía una cesta. Temí que apretara la cesta y se manchara de jugo de mora.

No lloró. Me atrajo hacia ella y me abrazó con fuerza; luego, mientras se separaba, dejó un brazo sobre mi hombro.

—Estoy tan contenta de verte —dijo, sonriendo casi—. Han pasado los días. Gracias por ayudarnos con Martha.

Sonreí. Su voz era todavía la misma. Por mi cabeza daban vuelta todas las cosas que quería decirle y no podía. Levanté hacia ella la cesta de moras mientras la boca se me torcía intentando hablar.

—Jamie y yo íbamos a ir a coger moras —dije.

Recogió la cesta con una mano. Con la otra me tocó la mejilla. Se inclinó hacia delante y me besó en la frente.

—Qué agradable —dijo—. Haré un pastel, y haz el favor de venir y cerrar la puerta de golpe de vez en cuando.

Sentí que la alegría estallaba en mi interior y parpadeé para quitarme el picor de los ojos. Supe que entendía todo lo que quería decirle.

—Lo haré —dije— todos los días.

Sonreí y luego me eché a reír. Agarré mi cesta de moras y corrí en dirección a casa. Las dejé encima de la mesa y salí corriendo de nuevo.

—¡Me voy a jugar a la calle! —grité tras de mí.

En mi alivio sentí que Jamie también se alegraba de que la tristeza más grande hubiera pasado. Me pregunté cuán rápido los ángeles o lo que él fuera ahora podían moverse.

—¡Vamos a echar una carrera! —le dije y empecé a correr colina arriba.